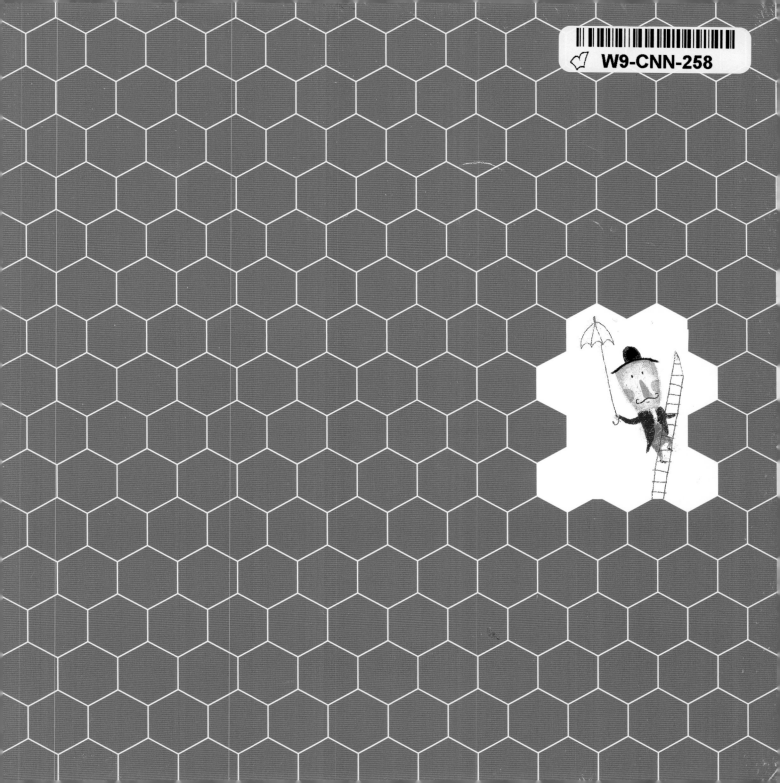

Diseño de la colección: Carla López Bauer

© Del texto: Pepe Maestro
© De las ilustraciones: Jacobo Muñiz
© De esta edición: Editorial Luis Vives, 2011

ISBN: 978-84-263-8008-1
Depósito legal: Z-2397-2011

Edelvives Talleres Gráficos. Certificado ISO 9001
Impreso en Zaragoza, España

# Pedro y el lobo

Texto
**Pepe Maestro**
Ilustración
**Jacobo Muñiz**

EDELVIVES

# ÉRASE UNA VEZ

UN NIÑO PASTOR LLAMADO PEDRO. CADA MAÑANA TEMPRANO, SUBÍA AL MONTE CON SU REBAÑO Y SE QUEDABA ALLÍ HASTA EL ATARDECER.

A VECES, MIENTRAS SUS OVEJAS PASTABAN, PEDRO TREPABA A LOS ÁRBOLES O SE TUMBABA BAJO EL SOL Y SOÑABA.

Y, EN OCASIONES, TAMBIÉN SE ABURRÍA.

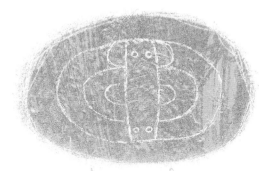

UN DÍA, EL CHICO CONTEMPLABA DESDE LO ALTO
DEL MONTE LO ATAREADOS QUE ESTABAN SUS VECINOS.
TODO EL MUNDO PARECÍA MUY OCUPADO.
TODOS, MENOS ÉL. ASÍ QUE, EL ABURRIMIENTO
LE HABLÓ AL OÍDO:

—OYE, ¿POR QUÉ NO LE GASTAMOS UNA BROMA
A LA GENTE DEL PUEBLO?

—¿UNA BROMA?

—SÍ, UNA BROMA GORDA. PODRÍAMOS HACERLES
CREER QUE VIENE UN LOBO A POR TUS OVEJAS.
VERÁS COMO DEJAN LO QUE ESTÁN HACIENDO
Y CORREN HACIA AQUÍ PARA AYUDARTE.
SEGURO QUE NOS REÍMOS DE LO LINDO.
    PEDRO DUDÓ UN RATO HASTA QUE, AL FIN, CONTESTÓ:
    —¿POR QUÉ NO? ¡LO HARÉ!
SEGURO QUE RESULTA DIVERTIDO.

DE UN SALTO SE PUSO EN PIE Y COMENZÓ A GRITAR
CON TODAS SUS FUERZAS:

—¡SOCORRO! ¡EL LOBO, QUE VIENE EL LOBO!

LAS OVEJAS LO MIRARON EXTRAÑADAS SIN ENTENDER
A QUÉ VENÍA TANTO GRITO.

PEDRO VIO CÓMO EL PUEBLO AL COMPLETO
SE MOVILIZABA ALLÁ ABAJO. TODOS ABANDONARON
LA HUERTA, LA FUENTE, EL MERCADO..., TOMARON
ALGUNOS PALOS Y ESTACAS, Y CORRIERON
HACIA EL MONTE PARA SOCORRER AL MUCHACHO.

MIENTRAS, PEDRO SE RETORCÍA DE RISA
AL COMPROBAR LO FATIGADOS Y PREOCUPADOS
QUE, UNO A UNO, IBAN ALCANZANDO
LA CIMA.

—PERO ¡SI SOLO ERA UNA BROMA! ¡JA, JA, JA!
¡VAYA CARAS!

A LOS VECINOS, LA BURLA NO LES HIZO TANTA GRACIA COMO A PEDRO. MUCHOS DE ELLOS SE ENFADARON. AUNQUE TAMBIÉN HUBO QUIEN LO DISCULPÓ DICIENDO:

—¡BAH, ES COSA DE NIÑOS...!

AL DÍA SIGUIENTE, CONVENCIDO DE QUE LA CHANZA
ESTABA OLVIDADA, EL ABURRIMIENTO VOLVIÓ A AZUZARLE:
   —BUENO, ¿QUÉ?, ¿REPETIMOS?
   —NO SÉ, NO SÉ, ALGUNOS PARECÍAN MOLESTOS.
   —PUES YA ME DIRÁS QUÉ PIENSAS HACER DURANTE
TODA LA TARDE...

ENTONCES PEDRO SE LEVANTÓ Y, OTRA VEZ, GRITÓ
BIEN FUERTE:

—¡SOCORRO! ¡EL LOBO, QUE VIENE EL LOBO!

LOS VECINOS DESVIARON LA VISTA HACIA EL MONTE
Y PENSARON QUE ERA IMPOSIBLE QUE A PEDRO
SE LE OCURRIERA GASTARLES LA MISMA BROMA.
DE NUEVO, DEJARON SUS TAREAS, TOMARON LOS PALOS
Y LAS ESTACAS Y SALIERON CORRIENDO EN SU AUXILIO.
    PEDRO, UNA VEZ MÁS, SE DESTERNILLABA
POR EL SUELO DE LA RISA.
    —¡JA, JA, JA! SI VIERAIS VUESTRAS CARAS...,
¡MENUDO SOFOCO TENÉIS!

PEDRO SE DIO CUENTA DE QUE LOS VECINOS
LO MIRABAN AMENAZANTES Y AÑADIÓ:

—NO OS PONGÁIS TAN SERIOS. SI SOLO ES
UNA BROMA...

—¡MENUDA BROMA! ¿Y CREES QUE NO TENEMOS
NADA MEJOR QUE HACER QUE AGUANTAR TUS BURLAS?

ESTA VEZ ESTABAN FURIOSOS DE VERDAD Y YA NADIE
LO DISCULPÓ.

ARROJARON LOS PALOS AL SUELO Y REGRESARON
AL PUEBLO EN UN COMPLETO SILENCIO.

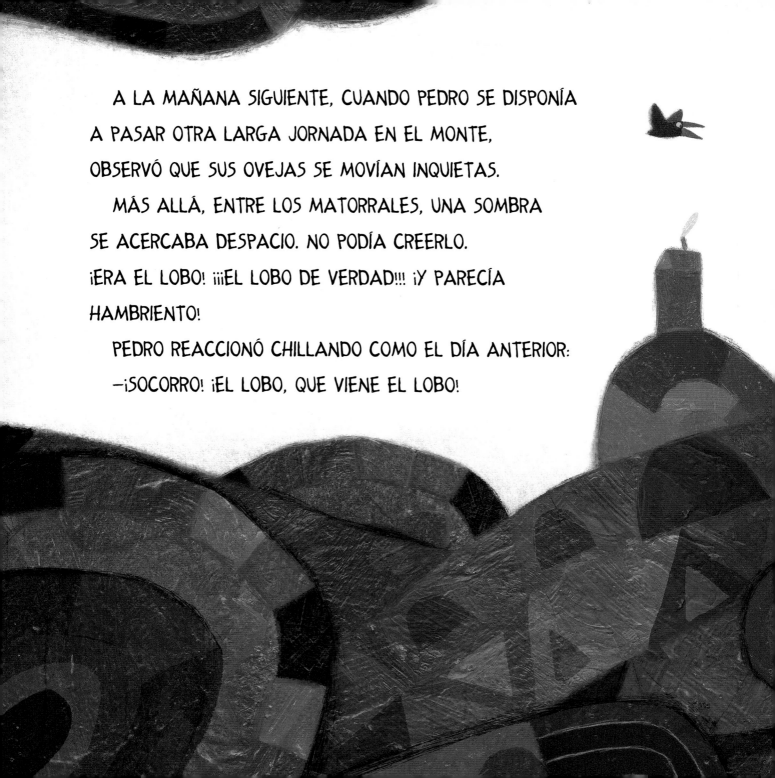

A LA MAÑANA SIGUIENTE, CUANDO PEDRO SE DISPONÍA
A PASAR OTRA LARGA JORNADA EN EL MONTE,
OBSERVÓ QUE SUS OVEJAS SE MOVÍAN INQUIETAS.

MÁS ALLÁ, ENTRE LOS MATORRALES, UNA SOMBRA
SE ACERCABA DESPACIO. NO PODÍA CREERLO.
¡ERA EL LOBO! ¡¡¡EL LOBO DE VERDAD!!! ¡Y PARECÍA
HAMBRIENTO!

PEDRO REACCIONÓ CHILLANDO COMO EL DÍA ANTERIOR:
—¡SOCORRO! ¡EL LOBO, QUE VIENE EL LOBO!

LOS VECINOS, AL OÍR LA LLAMADA DE AUXILIO
DE PEDRO, SE LIMITARON A COMENTAR:
 —¿ESTE NIÑO SE CREE QUE SOMOS TONTOS?
¡YA ESTÁ OTRA VEZ INTENTANDO TOMARNOS EL PELO!

Y, SIN PRESTARLE MÁS ATENCIÓN, CADA UNO
SIGUIÓ CON LO SUYO, PUES YA NADIE LE CREÍA.
EL PASTORCILLO SEGUÍA GRITANDO:
—¡SOCORRO! ¡EL LOBO, QUE VIENE EL LOBO!

PEDRO, SUBIDO A UN ÁRBOL, TEMBLABA DE MIEDO
MIENTRAS EL LOBO ACABABA CON SU REBAÑO.

CUANDO POR FIN SE FUE, EL CHICO REPRENDIÓ
A ESA VOZ QUE, EN OCASIONES, LE FASTIDIABA DÁNDOLE
CONSEJOS AL OÍDO:

—Y AHORA, ¿NO TIENES NADA QUE DECIR?

PERO NO TUVO RESPUESTA. EL ABURRIMIENTO
SE HABÍA MARCHADO CON EL LOBO.

—LA PRÓXIMA VEZ QUE ME ABURRA SERÁ MEJOR
QUE TOQUE LA FLAUTA O QUE LEA UN BUEN LIBRO.

Y, COMO SI LE DIERA LA RAZÓN, APARECIÓ ENTRE
LAS HOJAS EL ÚNICO CORDERITO QUE SE HABÍA SALVADO.

Y COLORÍN COLORADO, ESTE CUENTO
SE HA ACABADO.